Na aan het hart

Ander werk van Toon Tellegen

Theo Thijssenprijs 1997
Hendrik de Vriesprijs 2006
Constantijn Huygensprijs 2007

Twee oude vrouwtjes (verhalen, 1994, 2004)
Misschien wisten zij alles. Verhalen over de eekhoorn en de andere dieren (1995, 1999, 2006)
De genezing van de krekel (roman, 1999, 2008) De Gouden Uil 2000
Mijn avonturen door V. Swchwrm (1998, 2004)
De trein naar Pavlovsk en Oostvoorne (verhalen, 2000)
Brieven aan Doornroosje (verhalen, 2002)
...m n o p q... (gedichten, 2005)
Raafvogels (gedichten, 2006)
De almacht van de boktor (kinderboek, 2007)
Ik zal je nooit vergeten (novelle, 2007)
Hemels en vergeefs (gedichten, 2008)
Morgen was het feest (dierenverhalen, 2008)

Toon Tellegen

Na aan het hart

Dierenverhalen vol vriendschap

Amsterdam · Antwerpen
Em. Querido's Uitgeverij BV
2008

De verhalen in *Na aan het hart* zijn afkomstig uit *Misschien wisten zij alles*, *Taartenboek*, *Ze sliepen nog* en *Is er dan niemand boos?*. De verhalen die beginnen op p. 23, 36 en 63 werden niet eerder gepubliceerd.

Eerste druk, 2004; tweede druk, 2005; derde druk, 2007; vierde, gewijzigde, druk, 2008

Omslag Brigitte Slangen
Omslagbeeld Getty Images

ISBN 978 90 214 3451 3 / NUR 301
www.querido.nl

Op een ochtend zat de eekhoorn op de tak voor zijn deur en schreef een brief aan de mier.

Beste mier,

Het stuk schors waarop ik schrijf is maar klein, maar toch wil ik je graag een br

Na het woord 'br' was het stuk berkenschors vol. De eekhoorn kon zijn naam er ook niet meer onder zetten.

Hij las de brief een paar keer over en vroeg zich af wat de mier van de brief zou vinden. Zou hij wel begrijpen dat een br geen br is, maar een brief? dacht hij. Hij aarzelde. Maar hij vond het zonde om de brief niet te versturen en gooide hem in de lucht. En de wind voerde hem mee.

Even later las de mier de brief van de eekhoorn.

Toen hij hem uit had, pakte hij een klein stukje berkenschors en schreef.

Beste eekhoorn,
Dank je wel voor je br

Hij zette zijn naam er niet onder en verstuurde hem meteen.

Niet lang daarna las de eekhoorn die brief. Zijn hart bonsde en er verschenen dikke rimpels op zijn voorhoofd. Hij wist dus dat het mijn brief was, dacht hij. Maar wat zou hij met je br bedoelen?

Misschien wilde hij wel schrijven: 'Dank je wel voor je brief, maar ik wil je nooit meer zien.' Of: 'Dank je wel voor je brabbeltaal, maar schrijf me voortaan een echte brief of anders niets.' Of: 'Dank je wel voor je brutale onzin.'

De eekhoorn kreeg het koud en rilde. En haastig zocht hij in al zijn laden en hoeken tot hij nog één, heel klein stukje berkenschors vond. Daarop schreef hij:

Mier, kom je langs? Eekho

Dat ben ik, dacht hij. Dat moet hij begrijpen. Maar hij voelde zich niet helemaal gerust. Want misschien bestond de eekhobor wel, of de eekhozewezel. Er zijn zoveel dieren die ik niet ken, dacht hij.

Even later woei er een klein snippertje berkenschors naar hem toe. Ah! dacht de eekhoorn.

Hij las het snippertje:

Ja. Mi

stond erop.

Dat is van hem, dacht de eekhoorn. Dat is van hem! En hij sprong op en haalde de grootste pot beukennotenhoning uit zijn kast en begon alvast een bord voor de mier vol te scheppen. Want het zou niet lang duren voor zij naast elkaar zouden zitten en elkaar duizend en een dingen zouden vertellen die je toch nooit kon schrijven.

Een enkele keer hield de eekhoorn zich bezig met ernstige problemen. Hij zat met de mier onder een boom. Na over veel onbelangrijks gesproken te hebben kwam de afstand tussen hun neuzen ter sprake. De mier had een takje dat precies de lengte van zijn voet had. Hij hield één uiteinde daarvan tegen het puntje van zijn neus en wees met het andere uiteinde in de richting van de neus van de eekhoorn. Hij draaide het takje vervolgens om het laatste uiteinde heen, en nog eens, en nog eens, en nog eens tot hij de punt van de neus van de eekhoorn had bereikt.

'Vijf voet,' zei de mier.

'Laat mij eens meten,' zei de eekhoorn.

De zon scheen zwaar naar beneden en de verte was in een trillende nevel van hitte gehuld. De eekhoorn pakte het takje, boog zich iets voorover en mat de afstand tussen de twee neuzen.

'Drie voet,' zei hij.

'Dat kan niet,' zei de mier. Hij pakte het takje en kwam tot zes voet. De eekhoorn kroop naar hem toe en kwam niet verder dan één voet.

'Het lijkt nergens op,' zei de mier, 'zo komen we er nooit achter.'

'We moeten het aan iemand vragen,' stelde de eekhoorn voor.

Op dat moment kwam het konijn voorbij en zij vroegen hem de afstand tussen hun neuzen te meten.

Het konijn schudde zijn hoofd.

'Daar begin ik niet aan,' zei hij. 'Eens heb ik me laten verleiden om de afstand van mijn neus tot het puntje van de slurf van de olifant te meten. Maar mijn neus staat nooit stil, zoals je ziet, en dus kon er ook niet gemeten worden. De olifant raakte daardoor zeer verstoord. Hij moest en zou het weten, anders zou er dit gebeuren of dat gebeuren, ik weet het niet, maar hij stond op zijn achterste benen. Goed. Met mijn uiterste wilskracht, en na drie diepe zuchten, ben ik er toen in geslaagd om mijn neus even, één tel stil te houden. Maar hij viel toen meteen van mijn gezicht. Hij beweegt niet voor niets! Daar kwam ik toen pas, tot mijn verdriet, achter! De olifant heeft er de slak bij gehaald en die heeft mijn neus er toen weer aan gelijmd, maar dat heeft toch zó lang geduurd dat er wel tien groene kolen voorbij zijn gekomen, die ik niet heb kunnen ruiken. Ja! Dus je kunt je voorstellen dat ik sindsdien mijn neus nooit meer heb stilgehouden. De olifant ging toen akkoord met een geschatte afstand, dat is dus zomaar een afstand, van vier voet. Maar als je het mij eerlijk vraagt dan is dat neuzen-afstanden meten nergens goed voor, zo niet zeer gevaarlijk. En nu: gegroet. Ik ruik kool.'

Het konijn boog voor de mier en de eekhoorn en schoot toen het struikgewas in.

'Tja,' zei de eekhoorn. 'Laten wij het ook maar op vier voet houden. Of heb jij een betere afstand?'

'Nee,' zei de mier.

De zon scheen steeds feller naar beneden, die dag, en uit alle hoeken en gaten van het bos steeg een luid gepuf naar boven.

De zon scheen en de eekhoorn en de mier zaten in het gras aan de oever van de rivier. Boven hen ruiste de wilg, voor hen kabbelde het water, terwijl in de verte de lijster zong.

'Volgens mij,' zei de eekhoorn, 'ben ik nu gelukkig.'

De mier zweeg en kauwde op een grassprietje.

'Ik denk,' zei de eekhoorn, 'dat ik nooit gelukkiger kan zijn dan nu.'

'Nou...' zei de mier. 'En als er nu eens een honingtaart voorbij zou komen vliegen met een briefje erop: voor de eekhoorn en de mier...?'

'Ja,' zei de eekhoorn. 'Dan zou ik nóg gelukkiger zijn. Maar gelukkiger dan dán is onmogelijk.'

'Nou...' zei de mier. 'Als ik nu eens van plan was op reis te gaan en ik zou zeggen: eekhoorn, ik ga niet, ik blijf bij jou, goed?...'

'Ja,' zei de eekhoorn. 'Je hebt gelijk. Dan zou ik nog gelukkiger zijn...'

'En als de krekel vanavond een heel groot feest gaf, en als je nu plotseling een brief met een uitnodiging van de walvis kreeg, en als de zon vandaag niet meer onder zou gaan, en als alles rook naar verse beukennoten...?'

De eekhoorn zweeg. Hij keek naar het glinsterende water en dacht: dus ik ben eigenlijk helemaal niet zo gelukkig...

Hij keek schuin opzij naar de mier. Maar de mier had zijn ogen dicht, kauwde op het grasprietje en liet de zon op zijn gezicht schijnen.

Wat ben ik dan? dacht de eekhoorn. Als ik niet heel gelukkig ben... Het was alsof er een wolk voor zijn gezicht schoof. Hij wist geen antwoord op die vraag.

In de verte zweeg de lijster en begon de nachtegaal te zingen, zomaar, midden op de dag. Hé, dacht de eekhoorn, wat zijn dat? Hij voelde iets bewegen in zijn ogen. Tranen? dacht hij. Zijn dat tranen? Hij zuchtte diep, vouwde zijn staart onder zijn achterhoofd en keek naar de lucht. Ik zal maar niet meer denken, dacht hij. Maar hij wist dat dat heel moeilijk was.

Zo lagen zij daar naast elkaar in het gras aan de oever van de rivier, de mier en de eekhoorn.

'Wat liggen wij hier heerlijk, eekhoorn,' zei de mier na een hele tijd.

De eekhoorn zei niets.

'Ik heb nog nooit zo heerlijk gelegen,' zei de mier.

Ik wou, dacht de eekhoorn, dat ik eens één keer op een tak zat, met mijn knieën over elkaar en dat de mier beneden stond en naar boven riep: je hebt gelijk, eekhoorn, ik geef het toe, je hebt helemaal gelijk...

De zon zakte langzaam naar omlaag, de rivier kabbelde en in de verte zong de merel. De eekhoorn keek maar en luisterde maar en dacht verder niets.

Toen de mier op reis was bakte de eekhoorn elke dag een beukennotentaart.

Als het eerste licht door zijn raam naar binnen viel sprong hij uit bed en ging aan het werk.

Tijdens het bakken zei hij zachtjes in zichzelf: 'Dit is je lievelingstaart, mier.'

Als de taart klaar was zette hij hem op tafel, deed zijn deur open en riep: 'Mier! Mier!'

Hij had ook wel 'Taart! Taart!' willen roepen, want dan had de mier misschien wel ergens ver weg zijn oren gespitst. Maar hij was bang dat de beer zou denken dat hij het tegen hem had en aan zou komen hollen en de taart op had voor hij iets had kunnen zeggen.

Als hij na tien keer roepen niets hoorde en niemand uit de verte zag aankomen ging hij aan tafel zitten, met zijn hoofd op zijn handen.

Hij keek naar de taart, snoof de zoete geur in zich op, maar raakte hem met geen vinger aan.

Urenlang zat hij zo, elke dag, en als hij iets hoorde vloog hij overeind en riep: 'Kom maar binnen, mier!'

Maar het was altijd de wind of een langsdwarrelend blad of iemand die door de top van de beuk heen vloog.

's Avonds zette de eekhoorn de taart op de andere taarten die al in zijn kast stonden en bleef er nog even in gepeins verzonken naar kijken.

De volgende ochtend bakte hij een nieuwe taart.

Soms telde hij de taarten in zijn kast. Zo kon hij zien hoe lang de mier weg was. Zesendertig taarten, zevenendertig taarten, achtendertig taarten...

Elke taart was nog iets lekkerder dan de vorige, ook al vond de eekhoorn het heel moeilijk elke dag iets nog lekkerders te bedenken.

Toen zijn kast vol was maakte hij nieuwe kasten, buiten, naast zijn deur, en op zijn dak.

De mier was lang weg en er stonden tientallen taarten op de planken van de kasten. De beuk kraakte en groeide krom.

Maar op een ochtend, toen de eekhoorn juist

dacht: nu kan ik echt niets lekkerders meer bedenken, en toen hij ook de tel kwijt was, en de beuk bijna omviel, in het begin van de zomer...

'IK WOU DAT IK JOU WAS, EEKHOORN,' ZEI DE rups.

'Mij?' vroeg de eekhoorn verbaasd.

'Ja,' zei de rups. 'Dat lijkt me zo heerlijk...'

Ze zaten hoog in de eik, op een middag, in de zomer. De zon scheen en ze leunden achterover tegen de dikke schors.

Wat raar, dacht de eekhoorn. Hoe zou hij mij kunnen zijn? En als hij mij is ben ik dan hem? Met net zo'n jas? En net zoveel poten?

Zijn gedachten raakten in de war, hij zakte onderuit, gleed opzij en viel naar beneden.

'Als ik jou was viel ik nu naar beneden!' zei de rups. Zijn stem klonk teleurgesteld.

'Wat?' riep de eekhoorn al vallend.

'Dan viel ik nu!' riep de rups.

Maar door het lawaai van de bladeren en de krakende takken hoorde de eekhoorn hem niet.

De mier liep toevallig juist voorbij en zag de eekhoorn vallen.

'Pas op!' riep hij nog.

Toen de eekhoorn zijn ogen opende zag hij de mier.

'De rups...' stamelde hij. 'De rups wilde mij zijn... ik bedoel...'

De mier knikte en hielp de eekhoorn overeind.

'Die buil valt mee,' zei hij, terwijl hij de reusachtige buil op het voorhoofd van de eekhoorn bekeek.

De rups gluurde van hoog in de eik naar beneden.

'Ik wou dat ik zo'n buil had!' riep hij.

'Dat wou je helemaal niet,' kreunde de eekhoorn. 'Zoiets kan je niet willen.'

'Jawel! jawel!' riep de rups.

'Sst,' zei de mier tegen de eekhoorn. Hij legde aan de eekhoorn uit dat de rups een eigenaardige manier van denken had en dat dat niets gaf en dat iedereen wel eens iets anders wilde zijn, al was het maar de rivier of de horizon, of de blauwe hemel, die zou hij zelf wel eens willen zijn, of de motregen, de motregen op een warme dag in de zomer. Maar toen hield hij verder zijn mond want de eekhoorn zei dat het hem duizelde.

'Ik wou dat het mij duizelde!' riep de rups.

'Luister maar niet naar hem,' zei de mier.

'Ik wou dat ik niet naar mijzelf hoefde te luisteren!' riep de rups nog, terwijl hij in een eikenblad hapte.

Langzaam liepen de mier en de eekhoorn naar huis. Toen ze bijna bij de beuk waren bleef de eekhoorn staan en zei: 'Mier...'

'Ja?' zei de mier.

'Zou jij mij eigenlijk wel eens willen zijn?'

'Nou...' zei de mier. Hij dacht even na, tuitte zijn lippen, kneep zijn ogen half dicht, krabde achter zijn oor en zei toen: 'Soms.'

'Ik ook,' zei de eekhoorn en hij was blij dat hij er zo over dacht.

De mier keek hem even peinzend aan, maar zei verder niets. Even later aten ze beukennoten en honing, boven in de beuk, en knikten af en toe tevreden naar elkaar.

TOEN DE EEKHOORN OP EEN OCHTEND WAKker werd lag er een brief voor zijn deur.

Beste eekhoorn,
Ik ben ziek.
Mier

De eekhoorn kamde zijn haar, waste zijn oren en holde naar buiten, de beuk af, het bos door naar het huis van de mier.

De mier lag op zijn bed, onder een zwarte deken, met een kussen onder zijn hoofd, en keek ernstig naar zijn plafond.

'Heb je mijn brief ontvangen?' vroeg hij, toen de eekhoorn binnenkwam.

'Ja,' zei de eekhoorn.

'Ik ben ziek,' zei de mier.

De eekhoorn zweeg en knikte. De mier draaide zich op zijn zij, met zijn rug naar de kamer.

Het was een mooie dag. Zonlicht stroomde de kamer in.

'Waar ben je ziek?' vroeg de eekhoorn.

'Overal,' zei de mier. Hij keek naar de muur.

'Is het ernstig?'

'Nogal,' zei de mier. 'Ik mankeer iets.' Hij draaide zijn hoofd weer naar de kamer toe. 'Daarom heb ik je geschreven.'

'O,' zei de eekhoorn. Hij wist niet goed wat hij moest zeggen. En hij wist ook niet wat ziek was, of iets mankeren. 'Zal ik iets doen?' vroeg hij.

'Nou...' zei de mier. 'Je zou iets kunnen zeggen om mij beter te maken.'

'Wat dan?'

'Je zóú kunnen zeggen dat ik dapper ben.'

'Ben je dat dan?'

De mier zweeg even en antwoordde toen: 'Nou... een beetje dapper ben ik wel. Maar ik bedoel dat jij het moet zeggen.'

'Je bent dapper,' zei de eekhoorn.

'Ja...' zei de mier, 'dat is wel goed... maar je moet het anders zeggen... ik weet niet hoe ik dat moet uitleggen...' Hij keek daarbij heel ongelukkig en ziek.

Toen zei de eekhoorn, uit de grond van zijn hart: 'Je bent dapper, mier, heel heel dapper.'

'Ach...' zei de mier en hij glimlachte bescheiden onder zijn deken op het bed in de hoek van de kamer. 'Dat valt wel mee...'

De eekhoorn zweeg en ging op een krukje naast de mier zitten. Af en toe vroeg de mier hem om even zijn hoofd te schudden van verbazing en nog eens te zeggen dat hij, de mier, heel dapper was. Verder vroeg hij hem om suikerkorrels te raspen, honingraten te malen en room te stampen en alles op een bord te scheppen en naast het bed op de grond te zetten.

Zo ging de dag voorbij.

Aan het eind van de middag zei de mier: 'Ik mankeer al bijna niets meer.'

De eekhoorn keek hem opgetogen aan en raspte nog wat suikerkorrels en mengde die met zoete gelei. Daar aten zij samen van.

Daarna ging de eekhoorn naar huis. Peinzend liep hij door het schemerige bos en dacht erover na hoe het zou voelen als je iets mankeerde. Maar hij kon zich dat niet voorstellen. En vol bewondering voor de mier klom hij de beuk in, naar boven, naar zijn huis.

TOEN DE MIER EN DE EEKHOORN OP EEN keer door het bos wandelden stuitten zij op een zwart muurtje, dwars over de weg. Dat muurtje hoorde daar niet te staan.

Zij duwden tegen het muurtje, maar het gaf niet mee.

'We kunnen eromheen lopen,' zei de eekhoorn.

Maar om de een of andere reden vond de mier dat niet eerlijk. Hij nam een aanloop en probeerde in één keer boven op het muurtje te komen. Hij haalde het bijna, maar het muurtje was glad en hij gleed naar beneden.

'Au,' zei hij. De eekhoorn schudde zijn hoofd.

'Geef me eens een zetje,' zei de mier.

De eekhoorn tilde de mier op zodat hij boven op zijn hoofd kon staan.

'Ik ben er bijna!' riep de mier.

'Ja?' riep de eekhoorn die niet makkelijk stond.

De mier sprong, maar weer kwam hij iets tekort. Hij viel boven op de eekhoorn en samen vielen zij op de grond.

'We zouden eromheen kunnen lopen...' stelde de eekhoorn opnieuw voor.

'Daar is het nu te laat voor,' zei de mier. 'Dan hadden we dat meteen moeten doen.'

De eekhoorn ging op de grond zitten. Maar de mier pakte een tak van de iep die daar stond. Hij bond de tak om zijn middel, liep zo ver mogelijk naar achteren en liet zich toen omhoog zwiepen.

Met een zware dreun kwam hij tegen het muurtje aan, en gleed naar beneden.

'Het scheelde niets!' riep hij opgewonden.

'Ik loop eromheen,' zei de eekhoorn.

'Geen sprake van,' zei de mier. Hij sprong overeind en hield de eekhoorn tegen.

'Dat zou zonde zijn,' zei hij.

De eekhoorn ging weer zitten. De mier had inmiddels talrijke bulten en schrammen op zijn rug en zijn benen, maar hij ging weer druk aan het werk. Hij timmerde een ladder van takken en doornen. Het was geen mooie ladder, en hij was ook niet stevig, en toen de mier boven op de ladder stond en zijn voet al op het muurtje wilde zetten brak de ladder en viel de mier tussen de gebroken takken en doornen naar beneden. Hij lag daar bedolven onder de resten van zijn ladder, maar niet voor lang, want hij sprong overeind en kon de eekhoorn nog net bij zijn staart grijpen voordat hij om het muurtje heen was gelopen.

'O nee,' zei de mier. 'Dat nooit.'

Later die middag probeerde de mier nog een keer met volle vaart door het muurtje heen te lopen, en van twee boomstammen maakte hij nog een soort wip die hem over het muurtje heen moest werpen.

Tegen de avond gingen zij naar huis. De mier leunde zwaar op de schouder van de eekhoorn. Hij vertelde dat hij die avond wel een manier zou vinden. Hij had thuis nog een boek met honderd manieren om over muurtjes te komen of anders zou hij zelf wel iets verzinnen.

'Morgen lach ik om dat muurtje,' zei hij. 'Let maar op, eekhoorn!'

Maar de eekhoorn lette niet meer op en zeulde hem naar zijn huis, niet ver van het midden van het bos.

TOEN DE ZOMER OP ZIJN HEETST WAS EN DE bladeren van de bomen slap naar beneden hingen en verlangden naar de herfst, wanneer zij zouden gaan dwarrelen en vallen en op elkaar zouden gaan liggen en andere kleuren zouden aannemen, wanneer het fris zou zijn en helder, met doorzichtige regendruppels aan elk takje en twijgje, ging de eekhoorn uit varen.

Hij stapte in een bootje dat aan de oever van de rivier vastgemeerd lag. Het bootje was rond als de ondergaande zon, zodat hij niet wist wat de voorkant was en wat de achterkant. Zodoende wist hij ook niet welke kant hij op moest varen. Hij trok de roeispanen naar binnen en liet zich meedrijven met de stroom van de rivier.

Het felle zonlicht kaatste van het water naar zijn hoofd en weer terug en hij zag hoe hij de zweetdruppels van zijn voorhoofd wiste, die van zijn kruin steeds maar weer naar voren stroomden.

Hij had het druk met zijn gedachten. Zij lieten hem niet met rust. Hij wilde niet denken, maar het lukte hem niet zijn gedachten in bedwang te houden. Zij waren sterker dan zijn wil.

Zij bedachten dat hij niet in een bootje lag, maar in een pan die op het vuur stond. Angstig sprong hij overeind. Het bootje begon heftig te schommelen en sloeg om. De eekhoorn verdween onder water.

Toen hij weer bovenkwam was hij woedend op zijn gedachten. Maar het is onmogelijk je gedachten een klap te geven of ze eens hard te knijpen. En terwijl hij dat bedacht dreef het bootje weg en moest hij zwemmen om de kant te bereiken.

Mistroostig hees hij zich op de warme oever en ging op zijn rug liggen. Onmiddellijk sprongen zijn gedachten weer tevoorschijn, alsof ze op de loer hadden gelegen. Zij bedachten voor hem dat hij door de lucht zweefde, als een blad dat lichter is dan de lucht, en dat hij landde voor de deur van de mier, en dat de mier juist naar buiten kwam met een groot glas beukennotensap, ijskoud beukennotensap.

Plotseling waren zijn gedachten weer verdwenen. Zij hadden hem nog net zijn hand laten uitsteken naar het glas.

De zon ging onder en de eekhoorn sjokte naar huis. Aan de deur van de hut van de mier hing een briefje:

Eekhoorn, ik wist niet of je langskwam, maar toen je langskwam was ik even weg.

Mier

De eekhoorn zuchtte. De deur ging open en de mier kwam naar buiten.

'Maar niet heus,' zei hij, met een glimlach die van achter zijn linkeroor tot ver voorbij zijn rechteroor reikte. 'Ik heb wat lekkers voor je,' voegde hij eraan toe.

Op een keer miste de eekhoorn de mier hevig. Hij wist niet waarom, maar hij had dat gevoel tot in het puntje van zijn staart.

Mier, dacht hij. Mier, mier, mier.

De eekhoorn wist dat zulke gedachten niet helpen, maar hij kon ze niet tegenhouden.

Was er maar een hand in de lucht, dacht hij, die je kon gebruiken om iets ver weg te pakken...

Hij zag die hand voor zich en hij zag ook de mier ergens opgekruld in een holle boomstam liggen.

De hand liep vinger voor vinger tussen de bomen van het bos door, zonder ook maar één blaadje te verroeren. Hij bleef even voor de holle boomstam staan. Toen ging de wijsvinger naar binnen en tikte op de rug van de mier.

'Hè, wat?' riep de mier, die blijkbaar had liggen slapen.

De vinger boog zich, strekte zich en boog

zich weer voorover in de richting van de uitgang van de boomstam.

'Je bedoelt meekomen?' vroeg de mier.

De vinger knikte.

'Wie ben jij eigenlijk?' vroeg de mier, terwijl hij de vinger en even later buiten de hele hand bekeek.

Maar hij kreeg geen antwoord. De hand liep langzaam voor hem uit, tussen de bomen door, vinger voor vinger. Als de mier soms even bleef staan gleed de pink geruisloos naar achteren en gaf hem een duw.

Zo liepen zij door het bos, de hand en de mier.

De zon ging langzaam onder. Overal ruisten de bladeren aan de bomen en kabbelde het water in de rivier. Toen zij vlak bij de beuk waren schrok de eekhoorn op.

Ach, dacht hij, wat een gedachten heb ik toch. Had je dáár maar een spiegel voor, dan zou ik ze zéker bekijken! Hij zuchtte. Hij miste de mier nog steeds, ook al wist hij nog steeds niet wat missen eigenlijk was. Maar voor hij nog meer had kunnen bedenken hoorde hij een soort geschuifel dat hem bekend voorkwam, en zag hij nog juist een eigenaardige schaduw, die leek op een hoofd met vijf oren, langs de stam van de beuk naar beneden glijden.

'Hoe kom jíj hier opeens?' vroeg de eekhoorn.

De mier haalde zijn schouders op.

'Is er nog een tak vrij?' vroeg hij. Hij stapte van de stam op een takje naast de grote tak waarop de eekhoorn zat.

'Ik heb je gemist,' zei de eekhoorn. En zacht voegde hij daaraan toe: 'Je moet me toch eens uitleggen wat dat eigenlijk is: missen.'

'Ja,' zei de mier.

Boven de tafel van de eekhoorn hing een lamp.

Soms kwam de olifant op bezoek en vroeg of hij even aan die lamp heen en weer mocht slingeren.

De eekhoorn vond dat altijd goed.

Dan slingerde de olifant, flapperend met zijn oren, heen en weer – zó hoog dat hij zelfs tegen het plafond botste en de lamp vervaarlijk kraakte.

Telkens als hij laag over de tafel heen kwam, riep hij: 'Eekhoorn!' en zwaaide hij naar de eekhoorn.

De eekhoorn zwaaide terug en hoopte dat zijn lamp het zou houden.

Daarna aten zij zoete boomschors en spraken over de oceaan of over dieren die vaak jarig waren en anderen die dat nooit waren.

'Wij zijn vrienden, hè, eekhoorn?' vroeg de olifant soms.

'Ja,' zei de eekhoorn.
'Speciale vrienden?'
'Speciale vrienden.'

Dan zuchtte de olifant diep en keek door het raam naar buiten over de toppen van alle bomen waar hij zo vaak en zo hard uit was gevallen.

Aan het eind van zo'n middag zei de olifant: 'Kom, ik ga weer eens.'

Dan groetten zij elkaar, en altijd, altijd zei de eekhoorn dan te laat 'Pas op' en stapte de olifant mis en viel hij dwars door de takken van de beuk naar beneden en riep hij 'Ai' en even later 'Het geeft niets, hoor' en 'Dag' en riep de eekhoorn zo hard als hij kon: 'Dag olifant! Tot gauw!'

'Ja!' riep de olifant dan ten slotte nog terug.

Beste eekhoorn,

Als je niet wilt dat de tijd voorbijgaat
(en dat wil je toch niet?)
dan moet je aardig zijn voor de tijd:
je moet vragen wat hij wenst,
je moet je luiste stoel naar hem toe schuiven,
je moet hem een kopje thee aanbieden
en zoveel honing voor hem neerzetten als hij ooit maar op kan
(maar je moet er wel op letten dat je wat overlaat voor mij, als ik straks langskom),
je moet zorgen dat de zon schijnt
en dat de lijster zingt
en dat de geur van zoete beukennoten rondwaart
(zo heet dat) –
en als hij dan toch nog voorbijgaat
dan moet je voor hem gaan staan en roepen:
Ho! Wacht even!
en dan moet je hem strelen –
eerst de seconden,

dan de minuten en de uren
en dan de dagen en de maanden en de jaren,
zachtjes strelen –
misschien gaat hij dan nooit voorbij
(maar zeker is dat niet).
Wacht anders tot ik er ben.
Tot straks.
De mier

'ALS IK GENOEG VAN JE HEB, EEKHOORN,' ZEI de olifant op een middag tegen de eekhoorn, 'dan til ik je boven mijn hoofd en slinger ik je over het hele bos heen de zee in.'

'O ja?' vroeg de eekhoorn.

'Ja,' zei de olifant. 'En dan moet je maar zien hoe je thuiskomt. En als je dan toch thuiskomt, dan pak ik je weer beet en slinger ik je weer over het bos, maar dan ook over de zee de bergen in zodat je in een spelonk blijft steken. En als je je dááruit los weet te maken...'

De eekhoorn leunde met zijn ellebogen op de tafel en dacht aan de zomer en de oever van de rivier. De olifant zat tegenover hem, schuin op zijn stoel, met zijn knieën over elkaar, zwaaiend met alles waarmee hij kon zwaaien, zijn oren, zijn slurf, zijn voorpoten.

Maar toen hij verteld had waarnaar hij de eekhoorn daarna nog zou slingeren als hij genoeg van hem had, zweeg hij en dacht hij na.

Er stonden grote grijze rimpels op zijn voorhoofd.

'Wil jij nog thee?' vroeg de eekhoorn.

'Ja graag,' zei de olifant.

Even later dronken zij nog een kopje thee.

'Lekkere thee heb je,' zei de olifant.

'Het is wilgenthee,' zei de eekhoorn en tuurde in zijn kopje.

'Maar dat doe ik alleen,' ging de olifant weer verder, 'als ik genoeg van je heb, eekhoorn.'

'Ja,' zei de eekhoorn, die dat wel wist.

'En ik heb helemáál niet genoeg van je. En ik zal nooit genoeg van je hebben. Nooit. Dat is juist het bijzondere!' En weer zwaaide hij met zijn slurf, zijn voorpoten en zijn oren.

De eekhoorn dronk zijn kopje leeg en vroeg de olifant of hij nóg een kopje wilde.

'Ja graag,' zei de olifant. 'Heel graag. Heerlijke thee.'

'Als je nou eens precies achter mij loopt, olifant,' zei de eekhoorn, 'dan bots je nergens meer tegenaan.'

'Dat is goed,' zei de olifant en hij liep achter de eekhoorn aan.

Een hele tijd ging het goed en iedereen keek vol verbazing naar de eekhoorn en de olifant die vlak achter elkaar van de ene kant van het bos naar de andere kant liepen. Ze liepen langs slingerende paden, maar ze botsten nergens tegenaan.

De zon scheen en de builen op het hoofd van de olifant slonken.

'Lopen we eigenlijk wel goed?' vroeg de olifant na een tijd. 'Moet ik niet af en toe ergens tegenaan botsen?'

'Maar je vindt het toch erg dat je overal altijd tegenaan botst?' vroeg de eekhoorn verbaasd.

'Ja, dat is zo,' zei de olifant.

Ze liepen een tijd verder en zeiden niets.

De olifant werd somber. Ben ik zonder botsen mijzelf nog wel? dacht hij. Hij wist nooit precies hoe hij zichzelf het meest was. Hij zuchtte diep.

Ten slotte hield hij het niet meer uit en sloeg plotseling rechtsaf.

Daar stond juist de eik, die hij niet had gezien. Hij liep met volle vaart, met zijn hoofd vooruit, tegen de stam van de eik.

Het hele bos dreunde van de klap.

'Au!' riep de olifant. 'Au! Au!' De buil op zijn voorhoofd was de grootste buil die hij ooit had gehad en hij jammerde luid, maar ook enigszins voldaan.

De eekhoorn ging in het gras naast hem zitten en zweeg.

'Het spijt me,' zei de olifant. 'Het spijt me echt.'

De eekhoorn zei niets en maakte met een teen een klein gaatje in de grond.

'Iets moet me toch spijten?' riep de olifant toen luid. Maar hij vond zelf ook dat hij iets heel raars riep.

Bestaat dat: niets weten?

schreef de eekhoorn op een dag aan de mier.

De mier dacht heel lang na, maakte een kleine sprong in de lucht, krabde achter zijn oor en schreef terug:

Ja. Alles bestaat.

Even later kreeg hij een nieuwe brief van de eekhoorn:

Ook niet meer weten dat de zon schijnt en
dat het zomer is en dat de olifant in de verte
uit de wilg valt: bestaat dat?

Ja.

schreef de mier terug.

*En óók niet meer weten dat je het meest van alles
van honing houdt en van zoete beukennoten en
van suiker?*

schreef de eekhoorn niet lang daarna.

'Ja!' riep de mier. 'Ja! Ja!' Hij kneep zijn ogen stijf dicht, bonkte met zijn vuisten tegen zijn hoofd en schreef.

Ja! Dat bestaat ook!

*En ook niet meer weten dat je heel graag wilt
dat een speciaal iemand (niet zomaar iemand)
toevallig eens langskomt: bestaat dat?*

schreef de eekhoorn onmiddellijk daarna.

Maar toen de mier die brief wilde beantwoorden knakte zijn pen, scheurde zijn papier en brak zijn tafel doormidden. Zijn deur vloog open en een windvlaag sleurde hem mee, door het bos, naar de beuk, naar het huis van de eekhoorn.

'O,' zei de eekhoorn verbaasd, toen de mier naar binnen woei en op de grond neerplofte. 'Ik wist niet dat je zou komen.'

'Nee,' zei de mier. 'Ik ook niet.' Hij streek zijn jas recht en kuchte even. 'Ik denk dat het toevallig is.'

'Ik weet wel,' zei de eekhoorn, 'wat er in mijn kast staat.' Eén moment had hij het gevoel dat dat het enige was wat hij altijd zou weten, ook al wist hij dat hij het heel vaak vergat.

De mier ging alvast aan tafel zitten.

Even later aten zij gesuikerde rozenbottels en beukenhoning en spraken over de dingen waarover zij altijd spraken, gewone dingen en ingewikkelde dingen en niets in het bijzonder.

HET WAS EEN WARME AVOND, IN HET BEGIN den van de zomer, en hoog in de populier zong de lijster.

De eekhoorn zat in het gras aan de voet van de beuk. Zijn hoofd zakte langzaam omlaag en hij kon zijn ogen bijna niet meer openhouden.

'Hallo eekhoorn,' hoorde hij opeens. Hij keek op. Het was de olifant.

'Hallo olifant,' zei hij.

De olifant bleef voor hem staan en leek iets te willen zeggen. Hij schraapte een paar keer zijn keel en zwaaide zijn slurf van zijn ene schouder naar zijn andere schouder.

'Eekhoorn,' zei hij toen.

'Ja,' zei de eekhoorn.

'Wil je met me dansen?'

'Dat is goed,' zei de eekhoorn.

'Maar... eh... als ik op je tenen trap, word je dan niet boos?'

'Nee,' zei de eekhoorn. 'Maar je moet niet op mijn tenen trappen.'

'Maar als ik het toch doe?'

'Nee, dan word ik niet boos.'

'En als ik opeens heel gelukkig ben en met je in het rond draai en je niet meer kan houden en jij met een enorme klap tegen de beuk vliegt en versuft blijft liggen, word je dan ook niet boos?'

De eekhoorn dacht na en zag zichzelf in het gras liggen, op zijn rug, onder de beuk, terwijl er een enorme bult op zijn voorhoofd verscheen.

'Nee,' zei hij langzaam, 'dan word ik ook niet boos.'

'En als ik je dan overeind trek en verder dans?'

'Nee, dan ook niet.'

De olifant slaakte een diepe zucht, keek even heel ernstig en legde toen één voorpoot om het middel van de eekhoorn.

De maan scheen, de lijster zong en de olifant en de eekhoorn dansten.

Na twee passen trapte de olifant op de tenen van de eekhoorn.

'Au,' zei de eekhoorn. Maar hij werd niet boos.

Nadat hij nog tien keer op de tenen van de eekhoorn had getrapt en de eekhoorn niet één keer boos was geworden voelde de olifant dat hij heel gelukkig begon te worden.

De nachtegaal was ook gaan zingen en op de onderste tak van de beuk ging het vuurvliegje aan en uit.

De olifant draaide de eekhoorn, al dansend, om zich heen, steeds harder en wilder. Ik denk, dacht de eekhoorn, dat ik weet wat er nu gaat gebeuren.

'Ho!' riep de olifant. Maar het was al te laat. De eekhoorn vloog met grote snelheid door de lucht en kwam met een zware dreun tegen de beuk terecht.

Even later dansten ze weer. De olifant danste en de eekhoorn strompelde in de maat. De olifant probeerde niet meer te draaien en zo min mogelijk op de tenen van de eekhoorn te trappen.

'Wat dansen we mooi!' fluisterde hij in het verkreukelde oor van de eekhoorn.

'Ja,' kreunde de eekhoorn.

'Zo zou ik altijd wel willen dansen,' zei de olifant.

'Ja,' mompelde de eekhoorn, terwijl het vuurvliegje toekeek en vriendelijk aan en uit bleef gaan. Dat meen ik echt, dacht de eekhoorn.

HET WAS MIDDEN IN DE NACHT. DE EEKhoorn probeerde aan iets slaapverwekkends te denken. Maar alles wat hij bedacht vond hij bijzonder en verbaasde hem zo dat hij zijn ogen nog wijder opendeed. Het was donker en hij zag niets.

Plotseling werd er op zijn deur geklopt.

'Wie is daar?' vroeg hij.

De mier stapte naar binnen, maar de eekhoorn kon niet zien wie het was.

'De olifant,' zei de mier.

'O,' zei de eekhoorn. 'Wat kom je doen?'

De mier was even stil.

'Aan je lamp slingeren,' zei hij toen.

'Dat is goed,' zei de eekhoorn.

De mier klom op de tafel en slingerde in het donker aan de lamp.

'Slinger je goed?' vroeg de eekhoorn.

'Ja,' zei de mier. Maar echt goed slingeren deed hij niet. Slingeren lag hem niet.

Hij sprong terug op de tafel en maakte een geluid dat op trompetteren leek.

'Ja ja,' zei de eekhoorn. 'Ik hoor je wel.'

De mier klom van de tafel en ging op een stoel zitten. Het was een tijd stil.

De eekhoorn keek recht omhoog de duisternis in en wist niet goed of hij iets moest zeggen.

'Weet je,' zei de mier toen.

'Wat?' vroeg de eekhoorn.

'Ik ben de olifant niet,' zei de mier. 'Ik ben de mier.'

'O,' zei de eekhoorn.

'Of vind je dat soms hetzelfde?' vroeg de mier.

'Nou... hetzelfde...' zei de eekhoorn. 'Nee.'

'Wat is dan het verschil?'

De eekhoorn dacht diep na, maar hij kon plotseling het verschil niet bedenken. Terwijl hij heel goed wist dat het er was. Hij kneep zijn ogen dicht, dacht en dacht, en zei toen: 'Ik weet het niet.'

Het was lange tijd stil.

'Zou ik soms iedereen kunnen zijn?' vroeg de mier toen.

'Iedereen?' vroeg de eekhoorn. 'Hoe zou je iedereen kunnen zijn?'

'Ja,' zei de mier somber, terwijl hij naar zijn voeten keek. 'Hoe zou dat kunnen?'
'Ik weet het niet,' zei de eekhoorn.
'Nee,' zei de mier.
Het was een vreemd gesprek, midden in de nacht. De eekhoorn stond op en ging naar de kast. Even later aten ze honing en zoete gelei.
'Ik kon niet slapen,' zei de eekhoorn.
'Nee,' zei de mier. Hij keek ernstig en leek heel diep na te denken.
'Kom,' zei hij plotseling. 'Ik ga weer eens.'
Hij deed de deur open. De eekhoorn stapte weer in bed.
'Niet vallen,' zei hij nog, terwijl hij zijn ogen dichtdeed.
'Nee,' zei de mier en bijna, bijna was hij met donderend geraas van de top van de beuk naar beneden gevallen. Maar hij bedacht nog net op tijd dat hij nooit viel.

TOEN DE MIER EN DE EEKHOORN VIJF BEUkennoten, drie borden room, een taart en twee puddingen hadden gegeten, zei de eekhoorn: 'Ik heb nog een klein potje honing.' Hij keek de mier aan, die bij hem op bezoek was. 'Zal ik dat maar bewaren?'

'Dat is goed,' zei de mier.

Zij konden zich niet goed meer verroeren en keken langdurig naar het plafond boven hun hoofd.

Maar na een uur vroeg de mier: 'Hoe groot is dat potje eigenlijk, eekhoorn?'

'Klein,' zei de eekhoorn en hij wees met twee vingers aan hoe klein.

'Ja,' zei de mier, 'dan kun je het beter bewaren.'

De eekhoorn knikte.

'Heb je het al lang?' vroeg de mier.

'Tamelijk,' zei de eekhoorn.

'Hoe lang bewaar jij zo'n potje meestal?' vroeg de mier.

'Dat ligt eraan,' zei de eekhoorn.

'Ik bewaar ze nooit lang,' zei de mier. Even zweeg hij, toen zei hij: 'Maar dat zegt natuurlijk niets.'

Een tijdje later vroeg hij wat voor honing het was, en weer later waarom de eekhoorn het eigenlijk wilde bewaren en voor wat voor gelegenheid.

'Dat weet ik niet,' zei de eekhoorn. 'Vind je dat raar?'

'Ja,' zei de mier. 'Dat heeft iets raadselachtigs.'

'O,' zei de eekhoorn.

Niet lang daarna vroeg de mier of hij het potje even mocht zien. De eekhoorn haalde het tevoorschijn.

De mier bekeek het langdurig. Af en toe knikte hij even veelbetekenend.

'Het is een gevaarlijk potje, eekhoorn,' zei hij, 'een heel gevaarlijk potje. Dat kan je wel zien. We moeten het óf nu opeten óf zo goed opbergen dat we het vergeten. Anders delven we het onderspit.'

'Het onderspit?' vroeg de eekhoorn.

'Ja,' zei de mier. 'Zo heet dat. Het onderspit.

En dat is niet leuk!'

Hij keek heel ernstig en bezorgd.

Het potje zó goed opbergen dat ze het zouden vergeten – dat was onmogelijk, meenden zij. En dus maakten ze het open en aten de honing vliegensvlug op.

Pas daarna voelden zij zich weer veilig en gerust.

DE EEKHOORN LIEP HET BOS IN EN ZOCHT DE schildpad op.

'Hallo schildpad,' zei hij. De schildpad wist wat er van hem werd verwacht. Hij kwam uit het struikgewas tevoorschijn en liep naar een open plek, waar hij zich door de zon liet beschijnen.

De eekhoorn begon het schild te poetsen, waarbij de schildpad kreunde. Het was een laag gekreun, maar van genot. Toen het schild glom spiegelde de eekhoorn zich erin. Hij keek naar zichzelf, zoals hij daar stond, groot, bruin, met zijn wollige staart en zijn aandachtige ogen.

'O,' schreef hij aan de mier, 'kom zo snel mogelijk hier. Je zou mijn staart nú eens moeten zien...'

'Ik kom,' schreef de mier terug.

Maar toen zij eenmaal bij elkaar waren had het alweer geregend en was de schildpad alweer dof geworden. Om toch nog iets te doen namen zij de weg naar de rivier om te gaan uitkijken over het water. Maar de oevers waren glibberig en zij vielen in het water. Toen ze de wal op klommen stonden daar de beer en de tor en keken hen verwonderd aan, de een bruin als een beukenblad in de herfst, de ander zwart als drop in een fles op de onderste plank achter de toonbank in de winkel van de reiger. Heerlijke drop, en toen zij zich daarmee in gedachten hadden volgegeten gingen zij naar een helling naast het weiland aan de rand van het bos en lieten zich daar vanaf naar beneden rollen. De zon was ondertussen weer gaan schijnen.

'O mier,' schreef de eekhoorn, 'ik wou dat je hier bij mij was.'

'Maar ik ben toch hier?' schreef de mier terug.

'Je hebt gelijk,' schreef de eekhoorn.

En zo, in het gras, op hun ellebogen leunend, naast elkaar, schreven zij de ene brief na de andere aan elkaar en wachtten telkens ongeduldig op elkaars antwoord.

Zomaar, op een ochtend, bakte de eekhoorn een kleine taart van beukennoten en honing. Op de taart schreef hij, met letters van gesmolten suiker:

Beste mier,
Hoe gaat het met jou?
De eekhoorn

Ach, dacht hij, het is maar een aardigheidje. Hij haalde zijn schouders op, maar hij was wel trots op zijn aardigheidje. Bovendien, dacht hij, is het een verrassing. Want de mier was niet jarig en er was verder ook niets te vieren, zover de eekhoorn wist. Het is dus een onverwacht aardigheidje, dacht hij.

Toen de taart af was gooide hij hem van de tak voor zijn deur de lucht in. 'Want het is een brief!' riep hij, in de hoop dat de wind hem zou horen. 'Een verrassingsbrief. Voor de mier.'

De wind stak op en nam de warme, geurende brief mee.

Laat in de middag kreeg de eekhoorn antwoord. Het was een dikke brief van room en gestoofde kastanjes, met letters van eikenhoning:

Beste eekhoorn,

Het gaat heel goed met mij.

En met jou?

De mier

De eekhoorn zette de brief voor zich op tafel neer. Met mij, dacht hij, gaat het ook heel goed. Héél goed zelfs. Hij knikte en langzaam, letter voor letter, at hij de brief op.

Heerlijk, dacht hij, toen hij de brief uit had. En met een tevreden gebaar veegde hij het vraagteken, dat aan zijn neus was blijven hangen, weg.

‘ALS JE NIET KUNT SLAPEN MOET JE ZO HARD en ingewikkeld mogelijk nadenken, dan val je altijd in slaap,’ had de mier eens tegen de eekhoorn gezegd.

Soms dacht de eekhoorn na over taarten die hij nog nooit had gezien, taarten van louter zoete lucht of alleen maar van de geur van honing. Of hij dacht aan de verte of aan het midden van de nacht, hij zou wel eens precies het midden van de nacht willen zien, of het midden van de horizon. Waar zou dat zijn? En hoe zou je daar moeten komen?

Op een avond dacht hij eraan hoe het zou zijn als hij niet bestond. Hij keek naar zijn donkere kamer en zag de omtrekken van zijn tafel en zijn stoel. Die zouden er wel zijn, dacht hij. En zijn kast zou er zijn en de pot met beukennotenhoning op de bovenste plank. En zijn bed zou er zijn. Maar er zou niemand in liggen. Alles zou er zijn, dacht hij, behalve ik.

Het was een ingewikkelde gedachte. Zo'n gedachte bedoelt de mier, dacht de eekhoorn.

Hij dacht aan de volgende ochtend, wanneer hij nog steeds niet bestond. De mier zou langs de beuk naar boven klimmen en door de deur naar binnen komen. Maar hij zou niet verbaasd zijn dat er niemand was, dat kon niet. Als je niet bestond had je ook nooit bestaan, dacht de eekhoorn, anders werd het nóg ingewikkelder en zou hij misschien helemaal niet meer kunnen denken. Even later kwam de olifant er aan.

'Komt u op bezoek?' vroeg de mier.

'Nou, nee hoor,' zei de olifant. 'Ik kom hier even aan de lamp heen en weer slingeren.'

'O,' zei de mier.

De olifant klom op de tafel, greep de lamp en slingerde zwijgend heen en weer. Hij viel niet en stapte na een tijdje weer op de tafel.

De mier haalde een pot beukennotenhoning uit de kast en schepte de honing op twee borden.

Ze gingen aan tafel zitten en aten, zonder iets te zeggen, hun bord leeg.

Daarna zaten ze nog een tijdlang zwijgend tegenover elkaar. Ze leken in gedachten verzonken.

‘Mis jij wel eens iemand?’ vroeg de olifant.

‘Nee,’ zei de mier. ‘Ik mis nooit iemand.’

‘Ik ook niet,’ zei de olifant. Ze keken elkaar even met opgetrokken wenkbrauwen aan en schudden hun hoofd.

De eekhoorn sliep nog steeds niet.

De olifant stapte even later naar buiten en de eekhoorn hoorde hem vragen: ‘Zullen we dansen?’

‘Waar?’ vroeg de mier.

‘Hier, voor de deur,’ zei de olifant. ‘Er woont hier toch niemand.’

‘Dat is goed,’ zei de mier.

Ze dansten en de eekhoorn zag hoe ernstig ze dansten, ook al was het maar één pas, en hoe de olifant toen viel en riep dat dat niets gaf.

Nog steeds sliep hij niet. Hij zag de mier in de deuropening staan. De mier wilde weggaan, maar hij aarzelde en keek over zijn schouder de lege kamer in.

De eekhoorn zag even een eigenaardige uitdrukking op zijn gezicht, een soort treurige verbazing, die hij in het echt nog nooit op het gezicht van de mier had gezien.

En nog voor de mier de deur achter zich had

dichtgedaan, in het diepst van zijn gedachten, sliep de eekhoorn in.

Het was avond. De wind blies door de takken van de bomen en af en toe regende het of hagelde het.

De eekhoorn liep door zijn kamer heen en weer en dacht na. Er stonden rimpels op zijn voorhoofd.

Soms werd hij heel moe en wilde nooit meer nadenken, maar soms ook wist hij niets en wilde hij altijd nadenken.

Als ik moest kiezen, dacht hij, terwijl hij van zijn tafel naar zijn bed liep, tussen nadenken en nooit meer nadenken, wat zou ik dan kiezen?

Hij zuchtte. Kiezen is zelf al nadenken, dacht hij. Dat gaat dus niet.

Hij liep van zijn bed naar de kast. En als ik moest kiezen tussen weten en niet weten, bijvoorbeeld dat de zon elke ochtend weer opgaat, of dat de mier voorgoed op reis is?

Hij liep van de kast naar het raam. Of tussen

mij overal over verbazen en mij nergens over verbazen, dacht hij. Of tussen beukennoten en het glinsteren van de rivier? Of tussen de zomer en mijn lamp? Of tussen de herfst en een brief van de secretarisvogel?

Het was donker. Zwarte wolken joegen langs zijn raam en de eekhoorn ging in bed liggen. Of als ik moest kiezen tussen de mier en... dacht hij, terwijl hij zijn deken over zich heen trok.

Even hield hij op met denken. Tussen de mier en wat eigenlijk? dacht hij toen.

Maar voordat hij daar verder over had nagedacht riep hij al, in het donker, onder zijn deken: 'Dan wist ik het! Dan koos ik altijd voor de mier!'

En als ik moest kiezen tussen kiezen en niet kiezen, dacht hij toen.

Maar hij schudde zo krachtig zijn hoofd dat zijn deken op de grond vloog en zijn hele bed kraakte en schudde, en hij dacht: ik kies altijd voor de mier. Altijd!